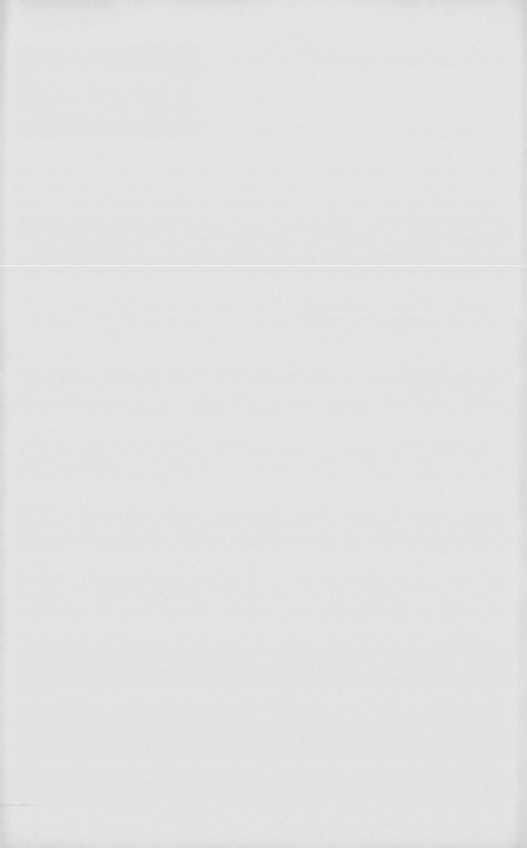

야설방 4

불교문예작가회 04

야단법석 4

불교문예
불교문예출판부

■ 인사말

　백여 년 만의 폭염도 자연의 이치에 따라 물러나고 그래서 더욱 상쾌한 가을입니다.

　불교문예작가회에서는 단풍의 고장 정읍 내장사에서 가을 낭송회 및 글그림전을 열게 되었습니다. 문인들과 함께 맑고 향기로운 부처님 마당에 이렇게 모여 가을을 맞으니 참으로 마음이 그득합니다.

　문학은 참 나를 찾아가는 수행의 또 다른 과정이라고 합니다. 작가 여러분의 작품이 부처님 도량을 채우고 작품집으로 만들어져 한마음이 되니 이 또한 부처님의 가피라 여겨집니다.

　불교문예작가회 작품집 『야단법석』 4집 출간과 천지경 시인의 『울음 바이러스』 출간을 축하하고, 불교문예신인상 소설부문 수상자인 김미용 소설가에게도 등단을 축하드립니다. 문학이 영혼을 살찌우게 하듯, 여러분의 작품이 세상에 따뜻한 위로와 마음의 양식이 될 것입니다.

　작가 여러분의 건강과 문운이 가득하기를 바랍니다. 그리고 가을 낭송회와 글그림전을 여법하게 치를 수 있도록 아낌없이 지원해주신 내장사 주지 도완 스님께 감사의 인사를 드립니다.

2018년 10월

불교문예작가회장 문혜관 합장

차례

인사말

나

고 영 섭

원 뿔 모양 불가마의 한증막에서

조주 무자* 화두를 오롯이 든다

흘러내리는 땀방울이 나냐 너냐

땀방울을 쏟어내는 그놈이 너냐.

* 조주 무자(趙州無字): 당나라 때 '옛부처'라 불렸던 조주 종심(趙州從諗, 778~897) 선사에게 한 수좌가 물었다. "개에게도 불성(佛性)이 있습니까?" 선사가 대답했다. "있느니라." 수좌가 다시 물었다. "있다면 어째서 가죽부대 속에 들어 있습니까?" 선사가 말했다. "그가 알면서도 짐짓 범했기 때문이니라." 다시 어떤 수좌가 물었다. "개에게도 불성이 있습니까?" 선사가 대답했다. "없느니라." 수좌가 다시 물었다. "일체 중생이 모두 불성이 있다 했거늘, 개는 어째서 없다 하십니까?" 선사가 말하였다. "그에게 업식(業識)이 있기 때문이니라."

세도나에서는 그렇게

권 현 수

달리는 말을 세우고
미처 따라오지 못한 영혼을 기다리는 인디언처럼
세도나에서 나도 그렇게
내 영혼을 기다려 본 적이 있다

헉헉거리며 따라오는 영혼을 기다려본 적이 있다
보이지 않는 그림자에 놀라고
들리지 않는 소리를 좇으며
앞만 보고 달리느라
미처 돌아보지 못한 내 영혼을 기다려본 적이 있다

간신히 다시 만난 영혼과 함께
붉은 바위기둥에
가쁜 숨길을 내려놓고
계곡을 따라 에돌아가는 강물에
층층이 쌓인 수십 생生의 먼지를 털어내며
타는 노을이 애리조나 평원에서 잠들기를
기다려본 적이 있다

세도나에서 나도 그렇게

내 영혼을 기다려 본 적이 있다.

내 손안의 절

김 기 리

내 손안에는 형체도 없고
만져볼 수도 없는 작고 초라한 절[寺] 하나가 있다
간혹 크고 넓은 가람을 만나면 나도 모르게
두 손 합쳐 숨기는 절
그도 모자라 허리와 고개까지 숙이게 만드는 절

내 작은 절은 몇 가닥
자잘하게 그어진 손바닥금 위에 있다
사방이 아슬아슬한 낭떠러지
나는 그 절에 가장 공손한 악수를 모시고
지인들을 만나면 반갑게 마주 잡는다
매 끼니 밥을 떠먹기도 하고
맛있게 반찬을 만들기도 한다

열개의 반달이 뜨는 나의 도량
먼 곳의 저녁 타종소리를 들을 때면
귀를 모으게 하고 두 손 모아 합쳐지는 절
밤늦어 뽀드득뽀드득 깨끗하게 손을 씻고 나면
환하게 빛이 나는 절 한 채

내 손안에는 여전히
볼 수도 없고 모양도 없고 만져지지도 않는
절 한 채가 지어져 있다
그 절, 마음 저 아래쪽에서 고요하다

낙엽의 정서

김 기 화

생각해야 할 생각을 하지 아니하고
말해야 할 말을 하지 아니하고
일해야 할 일을 하지 아니한
단풍잎이 떨어졌다

이곳에

그러나 붉다.

새

김동수

새는 난다
날 수 있을 만큼

높거나 낮지도 않게

푸드등 하늘을 솟구치다
또 사뿐히 내려

나뭇가지를 흔드는 저 새를 보아라

무겁지도
가볍지도 않게

제 몸 추슬러

바람에 밀리지도
휩쓸리지도 않고

새는

스스로 길이 되어
가벼이 하늘을 난다.

안으로 품은 소리

김명옥

맑은 바람에
달이 기우는 가을
합장하고 선 극락전 주련

風
清
月
落
秋
*

범종소리
하루를 씻어내는 해거름
기억의 살점 다 발라버리고
흰 뼈만 남긴채
꾸덕꾸덕 말라가는 생

산문 밖은 늘
아슴아슴

* 내장사 극락전 주련 마지막 구절.

20

그 여름, 매미

김미용

매미 울음소리였다. 아니 풍경소리였다.

상규는 사찰 안 배롱나무 아래에서 기태를 기다리고 있었다. 폭염으로 숨이 턱, 턱 막혔다. 그는 더위를 피하느라 그늘을 찾아 앉았다. 그늘도 덥긴 마찬가지였다. 바람 한 점 없는 뜨거운 날이었다. 이마에 흐르는 땀을 닦으며 배롱나무를 바라보는데 문득 풍경소리가 들렸다. 조용한 사찰 안 은은하게 울리는 풍경소리는 또 다른 시였다. 관음, 소리를 본다는 것. 풍경소리를 듣고 있으니 저절로 관음이라는 단어가 떠올랐다.

― 단편소설 「그 여름, 매미」 부분

은행과 해우소

김미정

선우는 댓돌 위에 놓인 스님의 하얀 고무신을 들고 샘터로 갔어요. 손으로 뽀득뽀득 문질러 씻어 장독대에 올려놓았어요. 다시 검정 고무털신을 들고 와 물에 푹 담가 조물조물 씻어서는 고무신 옆에 나란히 두었어요.

스님은 댓돌에 있어야 할 신발이 보이지 않아 맨발로 찾으러 다녔어요.

"허허 참, 신발이 몽땅 어디 갔노? 들고냉이가 물어갔나 날다램쥐가 물고 갔나."

신발은 장독대 위에 가지런히 놓여있었어요. 스님이 고무털신을 들자 구정물이 뚝뚝 떨어졌어요.

"부지런도 하대이. 이라면 나는 뭘 신고 다니란 말이고."

스님은 할 수 없이 물이 흥건한 고무신을 툴툴 털어 신었어요. 그때 선우가 코를 막고 후다닥 달려왔어요.

"스니임, 똥 냄새가 나서 똥을 못 누겠어요."

"코를 막아 보람."

"그래도 더러운 똥냄새가 나요."

"니 똥이고 내 똥인데 뭐가 더럽노. 세상에 더러운 건 없다."

"치, 여긴 똥냄새 천지야."

선우는 엉덩이를 막고 다시 해우소로 달려갔어요.

"똥 눌 때는 똥 누는 거만 생각해라. 행복이 별건 줄 아나. 똥만 잘 누도 큰 행복이다.”

"…으으응!"

선우의 힘찬 소리에 해우소 옆 은행나무에서 노란 은행알이 톡 떨어졌어요.

─ 동화 「은행과 해우소」 부분

씨앗, 움트다

김 서 희

겨울눈 한 톨

봄 햇살 한 장

여름비 한 사발

가을바람 한 줄기

한 몸에 다 안고 있는 점 하나

다시, 몸을 만든다

잠가두었던 꽃의 시간을 내민다

돌탑

김 성 로

돌 하나는 나고
돌 하나는 너다
네가 무너지면 나도 무너지고
내가 무너지면 너도 무너진다
가슴 속 불같은 화는
하늘을 태우고, 주위를 태우고
나중에는 자신까지 태우는 법
사랑하는 사람아
할 수 있다면 모두를 용서하고
어떤 경우에도
사랑하는 마음을 잃지 않도록 하자.

햇빛 엑스레이

김수원

새벽 이내 속에 햇빛이 가로수의 가슴을 찍는다

햇빛 광선이
온몸 구석구석에 빛을 투과한다
까치가 파먹은 감의 상처자국과
벌레 먹은 잎맥의 신경망을 선명히 밝힌다
표피 속 새까만 속내까지 찍는다

뿌리까지 흔들렸던 생애,
물관의 뼈 시린 통증을 찾아내고
바람 끝에서 어지럽게 휘돈
우듬지의 편두통도 잡아낸다

새봄으로 필름을 전송한다.

"나가요'

김순애

나는 세상에서 나가요 라는 말이 제일 좋다
누군가 벨을 누르면 몸보다 먼저 앞서 나가는 말 '나가요!
급한 마음에 짝짝이 신발을 신고 나가도 좋은 말
종일 적막한 집에서 가장 하고 싶은 말 '나가요!
바람이 문을 스치고 지나가도 !
흰 눈이 소복소복 내려도 '나가요!
그렇게 숨죽여 하고 싶은 말이다

감꽃 필 때는 아예 문을 열어두고 기다리고
배롱나무 꽃 필 때는 나무아래에서
수없이 품고 있는 말 '나가요!

'나가요! 라는 말을 받고 떠난 그의 마지막은 언제였을까
비오는 날 우산 갖고 나오라는 그의 전화에
네, '나가요! 라는 말을 했었는데
그 말을 안고 떠난 그는 끝내 돌아오지 않았다

겨울이 오면 나무들은 단단한 빗장을 채우고
나는 창문 틈에 비닐을 치고 겨울 채비를 묶는다

늦어서 곁에 있는 건 추억뿐이다

긴긴 밤을 혼자 보내는 것은 누군가를 기다리는 것

밤이 깊어 고요할 때

가끔 기척 없는 창문을 열어본다

이제 그에게는 할 수 없는 말 '나가요!

오늘도 누군가를 간절히 기다리고 있다

찔레꽃 비에 젖는다

김 성 부

찔레꽃 비에 젖는다
비에 젖은 찔레꽃 노래를 한다
슬픈 노래를 한다
먼먼 날 고향 길에서 만났던
찔레꽃 처녀의 마음을 읊는다
장미꽃 덤불 속에 감추듯 곱게
피어있던 작은 꽃잎 앞에서
손을 맞잡고 처녀의 이별노래를
듣던 날도 하얀 비가 내리고 있었지

참 많이도 흐른 세월 탓이려니
찔레꽃 얼굴 들여다보며 세월을
헤아리고 헤아려도 그 세월 속
하얀 면사포에 살짝 가렸던 눈물
속으로 깊은 속으로 울음 울던
꽃 세월 마음 아픈 시절이었지
그 시절 꽃잎이 비에 젖고 있었지

낙원

김 세 형

꿀벌의 낙원은 꽃잎 속이다

그런데 해저물녘
누가 시들어 닫힌 꽃잎 속에서
홀로 잉잉대며 울고 있다

숨죽인 채 가만히 다가가
이슬 맺힌 꽃잎을 살며시 들쳐보니
꿀벌이었다

낙원에 갇힌 꿀벌이었다

옥피리

김시습

저 누가 옥피리를 부는가
가을 바람 타고 온갖 감회가 이네
그 가락은 높아 구름 속에 아득하고
서리 내린 포석정에 신라의 꿈은 다하고
잎 지는 계림에 별은 빛나네
이것이 애를 끊는 단장곡인가
아니면 고향을 기리는 그 곡조인가.

경기전 용매龍梅

김연경

뼈 마디마디 휘어지고 늘어진 채
눈 귀 코 입, 온몸 챙겨
당신을 만날 수 있다면

아니
가까이서 숨 고르는 고요함만으로도
온몸 짜릿짜릿 저릴 수 있다면

살 한 점 허용 못한
우리 어머니 세월 같은 당신
처음에는 청매靑梅로 치장하더니
풍설을 재우고 나서
눈감았다 뜬 찰나

고개 치켜들고 용트림한 당신
이제 막
비상을 서두르는 용매여!

동백꽃

김 원 희

선운산 도솔천 내원궁
동백꽃 떨어진 자리마다
묘비없는 붉은 무덤이다

한때는 그대가 꽃인 적 있었다
가슴시린 사랑도
세월 지나면 무던해지는가

저 동백
시들어 추해지기 전
아직 색과 향 남아있을 때

보란 듯이
툭!
이별을 고하는,

이 몸에는 주인이 없네

김정휴

이른 새벽 나를 부르는 소리에
깨어보니
아무것도 보이지 않았다
사람도 아니고 바람도 아니었다
밤새 머물고 있던 어둠이
떠나는 소리였고
별들이 빛을 거두어
하늘로 돌아가는 기척이었다

홍시

김혜경

감꽃 주워 실에 꿰던
넷 딸 웃음소리
친정집 먹감나무 우듬지에 걸려있네
귀 먹은 울 엄마처럼
가을밤 깊어가네

해산방에 돌아앉아
속울음 삼켰다네
삼대독자 며느리가 줄줄줄 딸이더냐!
첫국밥 뜬 밥숟갈이
벌벌벌 떨렸다네

할머니 돌아가고
고만큼 할머니인
이제는 서러움도 마른 볕 한 자락일
울 엄마 오지게 좋아하는
먹감이 먹먹하네

정겨운 매화

나 옹 선 사

깊은 뜻을 함께 하는 마음 누가 능히 기뻐할까?

눈 속에 맑은 향기 방 안까지 풍겨오네.

집 앞에 있는 소나무와 대나무만이

그와 함께 서리와 추위 이겨내는구나.

기쁨

나 태 주

난초 화분의 휘어진
이파리 하나가
허공에 몸을 기댄다
허공도 따라서 휘어지면서
난초 이파리를 살그머니
보듬어 안는다

그들 사이에 사람인 내가 모르는
잔잔한 기쁨의
강물이 흐른다.

벼랑 위에서

남 청 강

이대로 떨어지도록 나의 손을 놓아다오
죽어야 살아나는
처절한 칼날 위의 눈빛을 보았다면
이대로 떨어지도록
응어리진 허물의 손을 놓아다오

죽지않고서는 살 수 없는
천길 벼랑에 선 허물의 눈을 쪼았다면
황혼의 찬란한 낙조속으로
부랑하는 속살까지 태워지도록 내버려두라

눈물도 없이 너를 사랑한 기억들
슬픔도 없이 나를 사랑한 배회하는 언어들
바라볼 수 없으나 바라봐야 했던
아름답지 못한 티끌같은 알음알이들을
속살까지 속속들이 벗겨내야 하나니

이글거리는 눈빛속으로 들어와
아우성처럼 발버둥쳤던 내 사랑했던

벌레같은 허물의 족쇄들을

저 어둠의 벼랑속으로 사정없이 떨어지도록

날카로운 부리여! 쪼아 다오

낙엽

도 종 환

헤어지자
상처 한 줄 네 가슴에 긋지 말고

조용히 돌아가자
수없이 헤어지자

네 몸에 남았던
내 몸의 흔적

고요히 되가져 가자

허공에 찍었던 발자국
가져가는 새처럼

강물에 담았던 그림자
가져가는 달빛처럼

흔적 없이 헤어지자
오늘도 다시 떠나는 수 천의
낙엽 낙엽

식물암plant cencer

동 봉

작은 다육이에게 난
까만 점들을 들여다보며
애들도 늙었나 검버섯이 나네

혼자 중얼거리는 내 얘기를
언제 들었을까
미소년의 한 젊은이가
대각사 1층 용성선원 뜨락에 서서
"큰스님 그거 검버섯 아니에요" 한다

"검버섯이 아니라고?"
"네, 큰스님, 식물암입니다."
"식물암이라 그런 암도 있었군 그래"

생명을 갖고 있는 것들은 모두 동물이라고 본
우리의 편견을 바로잡아준다
그래 식물도 암을 앓는다

식물도 감기를 앓고
식물도 기침을 하고

식물도 미소를 짓고
식물도 얘길 나눈다

물고기 닭고기 종류는
먹으면 절대 안 되고
야채나 산채는 마음껏 먹어도 된다?

다육이 암을 보고
비로소 깨달은 생각
풀도 나무도 버섯도 이끼도
함부로 먹지 말라
그냥 모두 다 사랑하라

어느 가을날

대 우

어떻게 지내냐는
안부를 물어와서

버리고 갈 줄 아는
낙엽을 붙들고 있다고 하였더니

낙엽의 무게가
얼마냐 물어와서

바람에게 물어보라고
일러 주었네

고요도 몸져누운 뜨락에
낙엽이 지는 날에는

바람따라 가고 싶으나
빈손이 부끄러워

산새 울어 금이 가는
먼 허공이나 훔쳐보고 있다네

몽돌

류 인 명

알몸을 파도에 부딪치며
도道를 닦는다

철석, 철석, 처얼석~~~

제 몸 닳아
저리 둥글게 되기까지

몇 겁을
뒤척였을까

구르지 못해
울뚝불뚝한 내 성정

이제라도
물결치는 대로 구를 일이다.

물 들어 올 때

마 선 숙

물때를 놓치고
뱃길을 잃었네
물 들어 올 때 노 저어야 하는데

목말라 물 찾아 헤매다
작은 물길에 마음 고백한 종이배 띄웠네

막다른 곳
꼬불꼬불 물길이 반듯하게 펴졌네

그 위 나무소반에
파란 식탁보 깔고
찐 감자 올려놓았네

감자 한 접시에 둘러앉으니
메말랐던 가슴에 물 차오르네

딱 노 젓기 좋은 때네

돌아가는 길

문 정 희

다가서지 마라
눈과 코는 벌써 돌아가고
마지막 흔적만 남은 석불 한 분
지금 막 완성을 꾀하고 있다
부처를 버리고
다시 돌이 되고 있다
어느 인연의 시간이
눈과 코를 새긴 후
여기는 천년 인각사 뜨락
부처의 감옥은 깊고 성스러웠다
다시 한 송이 돌로 돌아가는
자연 앞에
시간은 아무 데도 없다
부질없이 두 손 모으지 마라
완성이란 말도
다만 저 멀리 비켜버려라

그녀가 나를 바라보아서

문 태 준

그녀가 나를 바라보아서
백자白磁와도 같은 흰 빛이 내 마음에 가득 고이네

시야는 미루나무처럼 푸르게, 멀리 열리고
내게도 애초에 리듬이 있었네

내 마음은 봄의 과수원
천둥이 요란한 하늘
달빛 내리는 설원
내 마음에 최초로 생겨난 이 공간이여

그녀가 나를 바라보아서
나는 낙엽처럼 눈을 감고 말았네

만행

문 혜 관

산천초목 낯설고 물살은 거센데
차가운 하늬바람 첫눈이 내린다

떠나는 몸이 아니라면 얼마나 따뜻하리
오늘따라 설움은 왜 이리 많을까

굴껍질 밟으며 갈매기 바라보니
옛동무 환한 얼굴이 가슴에 북받친다

동자와 달

박 도 신

동짓달 새벽
동자의 목탁소리
달그림자 부른다

먹장구름 사이
달 기다리는 앳된 염불
도량에 넘쳐나는데

노스님 기침소리
고목을 넘어가도
귀 밝은 달은 대답이 없다

달그림자가 아니어도
동자의 목탁은 울어야 한다

목탁이 우는 소리에
천지만물이 아침을 시작한다.

산도화山桃花 1

박 목 월

산은 구강산九江山
보랏빛 석산石山

산도화
두어송이
송이 버는데

봄눈 녹아 흐르는
옥같은
물에

사슴은
암사슴
발을 씻는다

내 마음터가 명당이다

박 제 천

    지금 내가 걷는 여기는 바다 한가운데, 파도자락마다 물너울마다 코가 깨진 미륵부처, 눈이 빠진 문둥이부처, 아예 얼굴마저 문드러진 크고 작은 돌부처, 바위 속에 틀어박힌 마애부처, 시끄러운 세상 따위는 나몰라라 잠에 빠진 채 길게 드러누워 하늘을 보는 와불들의 터전, 오래전에 죽은 시인들, 예컨대 김종삼 성찬경 형님, 이탄 정의홍 신용선 친구, 내 조카 정원모 시인의 혼백들이 이승으로 나들이와 돌로 앉아 명상하거나 천천히 걸으며 바람을 쐬는 저들의 오막집, 오늘처럼 햇빛 좋은 날엔 온갖 부처님과 나한들도 모두 낮잠을 늘어지게 자고, 탑이며 부도들도 곤한 잠에 빠져 들고, 냉이며 달래, 돌나물이며 우엉과 같은 것들도 하나같이 부처가 되어 나투시고 보살이 되어 낮잠을 즐기는 곳, 사천왕도 포대화상도 기왓장보살, 부뚜막귀신, 동서남북 오방신과 바둑을 두는 여기가 내 마음바다에 둥둥 떠 있는 섬이다, 명당이다.

치악산 상원암

부휴선사

뜰에서 이끼 내린 옛 탑이 있고
솔바람은 우우 산골짜기 차갑네
쇠북 소리에 취한 꿈이 놀라고
등불은 밝혀 아침 저녁을 알리네
마당을 쓸어 뼛속까지 깨끗하고
향을 사르어 나그네 혼은 맑아지네
잠 못 이룬 채 이 밤은 지나가노니
창밖에는 소리 없이 눈이 내리네.

나와 나타샤와 흰 당나귀

백 석

가난한 내가
아름다운 나타샤를 사랑해서
오늘밤은 푹푹 눈이 나린다

나타샤를 사랑은 하고
눈은 푹푹 날리고
나는 혼자 쓸쓸히 앉아 소주를 마신다
소주를 마시며 생각한다
나타샤와 나는
눈이 푹푹 쌓이는 밤 흰 당나귀 타고
산골로 가자 출출이 우는 깊은 산골로 마가리에 살자

눈은 푹푹 나리고
나는 나타샤를 생각하고
나타샤가 아니 올 리 없다
언제 벌써 내 속에 고조곤히 와 이야기한다
산골로 가는 것은 세상한테 지는 것이 아니다
세상 같은 건 더러워 버리는 것이다

눈은 푹푹 나리고

아름다운 나타샤는 나를 사랑하고

어데서 흰 당나귀도 오늘밤이 좋아서 응앙응앙 울을 것이다

푸르른 날

서정주

눈이 부시게 푸르른 날은
그리운 사람을 그리워하자

저기 저기 저, 가을 꽃자리
초록이 지쳐 단풍 드는데

눈이 내리면 어이하리야
비가 또 오면 어이하리야

내가 죽고서 네가 산다면
네가 죽고서 내가 산다면

눈이 부시게 푸르른 날은
그리운 사람을 그리워하자

점다 點茶

석 성 우

불현듯 나를 깨우는
바람 한 자락
그 흩어진 자리에서
들려오는 소리 있어
별빛의 눈물을 받아
산다山茶를 달입니다

서래암西來庵에서

석 성 일

앞산도
뒷산 닮아
거나한
얼굴인데

여사흘
저 달마저
옷을 벗고
찾아 왔네

숨겨둔
고운 이야길
누구에게
들려줄까

산의 달

석옥 천공

돌아와서 발을 씻고 잠이 든 채로

달이 옮겨 가는 줄도 미처 알지 못했네

숲속의 새 우짖는 소리에 문득 눈 떠 보니

한 덩이 붉은 해가 솔가지에 걸렸네.

다행이다

송 재 학

다행이지 않은가
모든 삶을 알지 못하는 것이
시선이 닿지 못하는 첩첩 산 뒤가 후생인 것처럼,
의심투성이 고비 사막에서 티베트까지 울퉁불퉁한
비포장 길이 좌우로 나누는 것도 생이다
먼지로 상징되는 건 전생이고 신기루로 나타나는건 후생,
다음 생이 후생이기 전, 이미 그 생들은 서로 어루만지고
위로하고 있다는 느낌은 길 없는 사막에선 흔하디 흔하다
저 희박한 산소라면 내 몸의 일부는 아가미일 것이고
내 죄마저 헐떡거리는 날숨에 앞자리를 내준다
창탕 고원에 도착했을 때 목숨 같은 초록이 달려와서
펼쳐놓은 이끼류에 나도 엎어졌다

특급열차를 타고 가다가

신 경 림

이렇게 서둘러 달려갈 일이 무언가
환한 봄햇살 꽃그늘 속의 설렘도 보지 못하고
날아가듯 달려가 내가 할 일이 무언가
예순에 더 몇해를 보아온 같은 풍경과 말들
종착역에서도 그것들이 기다리겠지

들판이 내려다보이는 산역에서 차를 버리자
그리고 걷자 발이 부르틀 때까지
복사꽃숲 나오면 들어가 낮잠도 자고
소매 잡는 이 있으면 하룻밤쯤 술로 지내면서

이르지 못한들 어떠랴 이르고자 한 곳에
풀씨들 날아가다 떨어져 몸을 묻는
산은 파랗고 강물은 저리 반짝이는데

천길 낚싯줄

야 보 도 천

천길 낚싯줄을 내리네

한 물결이 흔들리자 일만 물결 뒤따르네

밤은 깊고 물은 차가워 고기는 물지 않나니

배에 가득 허공만 싣고 달빛 속에 돌아가네.

꼭두가 되다 1

양태평

당신을 떠나보내는 날
나는 상여 속에 꼭두를 새겨 넣었다

잃어버린 웃음, 총총히 떠나버린 사랑까지도

시침 뚝 떼고서 춤추고 노래한다
당신께 마지막 오시娛尸를 베푼다

시녀꼭두는 섬섬옥수로 시중을 들고
무인꼭두와 군인꼭두는 시절따라 번을 선다
악공꼭두의 풍악소리 삐리 삐리리 울릴 때

나는 광대꼭두가 되어 덩실덩실, 흥에 겨워
곱사등이 너스레 익살을 떤다
춤추고 노래하는 아픔까지도 버린 채

마지막, 이승에서 오시娛尸를 베푼다
당신을 떠나보내는 날.

내장사 단풍

여 동 구

이제
온 힘을 다 쏟아야 한다
온 정성을 다 쏟아야 한다

이 매서운 겨울을 나려면……

사람들은 붉게 물든 나를 보고
아름답다고 하지만

지난
여름
작열하는 태양도, 내리 치는 태풍도
온몸으로 견디었다

다
비우기 위한
마지막 몸부림이다

장작을 패며

오 세 영

장작은 나무가 아니다.
잘리고 토막나서 헛간에
내동댕이친 화목火木,
영혼이 금간 불목하니.
한때 굳건히 대지에 뿌리를 박고
가지마다 무성하게 피워올린 잎새들로
길가에 푸른 그늘을 드리우기도 했다만,
탐스런 과육果肉으로
지나던 길손의 허기진 배를 채워주기도 했다만
잘려 뽀개진 나무는 더 이상
나무가 아니다.
안으로, 안으로 분노를 되새기며
미구에 닥칠 그 인내의 한계점에 서면
내 무엇이 무서우랴. 확
불 지르리라
존재의 빈터에 버려져
처절히 복수를 노리는 저
차가운 이성,
잘린 나무는 나무가 아니다

금간 것들은 이미 어떤 것도,
아무것도 아니다.

그리움

오형근

모처럼 당신을 본 날, 내 마음속에 심어 놓은 당신의 나무에 단비가 내렸습니다. 한 달은 견딜 자신이 생겼습니다

산중

왕 유

개울 맑아 희게 나왔고

하늘 추워 붉은 잎 드무네

산길에는 원래 비가 없는데

허공 푸른 빛깔이 옷깃 적시네.

오직 고요
— 종심從心

우 정 연

한생이
가녀린 벚꽃 떨어지듯
하느작거림으로 분주하더니
그보다 한발 먼저 후드득거리는
깊은 속, 점 하나
떨림으로 사분사분하다

바람이 쉼 없이 머물다 간 후
저문 날 문고리처럼
무거운 정적만이 흐르던 오후

이제 더 떨어질 꽃도 없다

암자

원 감 충 지

암자는 천 봉우리 속에 아득히 숨어

골이 깊고 험하여 이름조차 알 수 없네

창을 열면 다가서는 산빛이요

문 닫으면 스며드는 개울 소리네.

임종게

원오극근

아무 것도 해 놓은 것 없거니

임종게를 남길 이유가 없네

오직 인연에 따를 뿐이니

모두들 잘 있게.

산사에서

유 병 란

작은 이끼 꽃들이 바람에 휘어지는 산길을
느리게 걸어갑니다

이 길 위를 수없이 오고갔을 어머니 발자국을 생각하며
좁은 산길을 돌아 산사 가는 길
저 멀리서 맑은 풍경소리가 들려옵니다

대웅전 법당에는 바람과 새소리만 드나들 뿐
종일 기다려봐야 노보살 한 둘

이번이 마지막일지 모른다며
나무껍질 같은 손으로 촛불을 켜는 노보살 굽은 등에
시간이 켜켜이 내려앉아 있습니다

몸에 많은 이름을 새기고
절 마당 한쪽을 지키는 쇠종을 가만히 들여다봅니다

우리 남매 이름들도 있습니다
그러나 어디에도 없는 어머니 이름

하루 두 번 담을 넘는 종소리가

오늘도 나를 키우고 있습니다

추석, 사흘 전

유수화

아버지 집, 술방에 층층이 쌓아놓은 상자들의 먼지덮개를 흔들자
눅눅한 습기의 누런 봉투, 봉투 속 빛바랜 글자들이
우루루 바닥에 쏟아진다.

15년 전 오늘,
소소한 일상의 퍼즐조각에서 맞추어진 아버지의 일기를 본다
집을 팔아 수술해서 일년을 더 살수는 없다고
췌장암 수술을 완강하게 거절하시는 아버지의 시간을 본다
마음에서 버린 아버지의 시간에 아버지의 눈빛을 본다
아버지의 눈물을 읽는다

추석, 사흘 전 아버지의 기일
아버지의 술 청명주를 채주하는 날이다
청명주 술 거르는 소리에 거짓말처럼 비가 추적추적 온다.

번뇌

유 자 효

가섭이 물었다
'번뇌가 무엇이뇨'

그것은 바람이나 물 같은 것이어서 중생이 있는 곳이면 피할 수 없나
이다
바람이나 물 없으면 못 살듯이 그것이 없으면 중생은 살아 있는 것이
아니나이다

'부처는 열반이로군'
가섭은 눈을 감았다

꽃상여

이 경 숙

　마을 지나 굽이굽이 돌아가는 구수고개, 아흔아홉 해 살다 가신 울할무니, 염천에도 외씨버선 신고 동백기름 쪽을 찌고 은비녀에 붉은 댕기, 여름에는 모시적삼 겨울에는 누빈 한복 한 땀 한 땀 박아입고 곶감, 대추, 옥춘, 약과 다락 안에 감춰두고 내어주던 울할무니, 타고 가는 꽃상여가 어릉어릉 넘어간다. 가을바람 깔아놓은 은행잎들 수틀 짜고 드문드문 수를 놓은 붉은 단풍, 춥도 덥도 않은 들길을 끌어간다. 상여꾼들 소리하며 두 발 앞으로, 한 발 뒤로 옮길 때마다 요령소리 쟁그렁, 쟁그렁 묏새도 뒤따르며 너울너울 날아간다.

　너너 너하 너거리 넘차 너어도
　어호 너하 너거리 넘차 너어도
　가자 간다 꿈을 꾸니 실낱같은 이내 몸이
　어호 너하 너거리 넘차 너어도……*

　건너 마을 작은 시앗, 칠형제 아들 낳고 일가를 이루어도 눈 한 번 안 흘기고 감내하던 울할무니 이생에서 못다 한 꿈 도솔천에 태어나서 자씨보살 친견하고 천년만년 살고지고 천년만년 살고지고.

　꽃상여가 넘어 가네 꽃가마가 오던 길을.

눈썹
― 未堂調

이 근 배

눈썹이 달로 크면
달은 커서 무엇이 되나

어릴적 내 지지배
시집가서 늙더니만

그믐 밤
눈썹달로 떠서
꿈속 힐쭉 비추다 가는

그 사람은 돌아오지 않고

이 문 희

괜찮아요
괜찮아요
나는 여러 번 피었어요
여러 번 졌어요

당신을 기다리는 동안

백로

이 백

백로, 가을물에 내리네

외로 날아 서리 내리듯 하네

마음이 한가로워 날아가지 않고

모랫가 홀로 마냥 서 있네.

옥상의 가을

이 상 국

옥상에 올라 메밀 베갯속을 널었다
나의 잠들이 좋아라 하고
햇빛 속으로 달아난다
우리나라 붉은 메밀대궁에는
흙의 피가 묻어있다
지구도 흙으로 되어 있다
여기서는 가을이 더 잘 보이고
나는 늘 높은 데가 좋다
어쨌든 세상의 모든 옥상은
아이들처럼 거미처럼
혼자서 놀기 좋은 곳이다
이런 걸 누가 알기나 하는지
어머니 같았으면 벌써 달밤에
깨를 터는 가을이다

가을 산책

이 서 연

그대
나를 위해 오래 준비한 사람과
감성의 눈높이 맞추며 걸어봤는가

풍경 속 풍경은 가슴 속으로
바람 속 바람은 향기 속으로
시간이 무늬를 놓듯 추억이 되는 산책

하늘 빛 강물은 눈빛에 놓이고
강물 빛 하늘은 살빛에 놓이고
길 위의 고요조차 설렘이 되는 산책

그대
나를 위해 오래 쓰인 시처럼
미소 깊은 사람과 가을을 걸어봤는가

가을 산 묘심妙心

이 석 정

거울 속 미세먼지를 여름내 손으로 빡빡 문지르고
비볐다

역시 묘하다
갈고 빛을 내야 광채가 난다

오늘아침 매봉산 가을도착, 미처
속살 감추지 못하고
호수湖水 위로 급 하강한 벌거숭이 하늘,

옥玉이다

나무 의자에 일없이 기대어
착한 고전古典을 찾아 읽는

묘약이다

연광정練光亭

이 이

연광정 높은 누각 강가에 솟았는데
푸른 파도 만경 창파 거울처럼 열렸네
백조는 교목 가지에 맴돌다 사라지고
옛 성엔 푸른 구름 높이 끼고 도는구나
손들고 교진에게 읍할 생각 떠올라
배 띄워 동래로 곧장 뛰고 싶구나
바람 앞에 옷깃 풀어헤치고 술잔 잡으니
지는 해 날 위해 머뭇거리네

정도리에서

이 정 환

삶의 비루함은 계측되지 않는 것

이젠
부려놓아라
남녘
몽돌밭에 가서

저 바다
네 무덤인 것
헤아리게 될 것이다

바다가
무릎 꿇는 것
그것이
파도임을

곧 알아차릴 것이다
출렁이는
무한 기도

눈 씻고

비로소 오래

바라보게 될 것이다

꼭!

임 연 규

그대

맑은 눈을 마주하고

꼭!

이란 말을 되뇌이면

입에서

향기로운

꽃이 핀다

꼬~오~ㄱ!

꽃!

밤이 깊다

임 형 신

층층이 내려 온 선산의 제각 아래서 밝히는

아버지의 밤이 깊다

흙바람 속에 떠도는 선대의 전언을 받아 적으며

아버지는 종가의 밤을 뒤적인다

잎 다 떨군 나무들의 젖은 무게를 생각하다가

잠시 잠시 졸다 깬다

낯선 별들도 내려와 길을 묻다 가는 변경의 어디쯤에서

아버지는 오늘도 홀로 제기를 닦는다

이제는 가뭇없는 목소리들만 헤엄치는 집에서

제기는 홀로 빛난다

대숲에 유폐된 하루가 가고 시간이 유폐된 하루가 온다

켜켜이 쌓인 제기를 떠받치고 있는 시간의 무게를 재다가

홀로 제사를 드리는 아버지의 밤이 깊다

미루나무

임효림

미루나무는 꼭 큰 붓같다

하늘을 향하여 붓질을 하면

하얀 솜털 구름이
쓸려서 날아가고

푸른 물감칠을 하는 날은
하늘이 온통 파란 색이다

가끔 미루나무도 붓을 씻는데
그때는 냇물에 그림자를 담가서 헹군다

은사시나무
— 시인의 눈

장 옥 경

노을을 배경으로 쓸쓸히 서 있는 저 나무
매끈한 큰 키에 의연한척 서 있어도
어깨를 툭 치고 가는 바람에
저리도 흔들린다

몇겹의 허물 벗고 눈부신 흰빛 되었을까
세상의 색 버리고 반가사유半跏思惟하던 몸
진박새 들락거리거나
뻐꾸기 둥지 트는

풀잎에 서걱이는 숨소리 귀 기울이거나
자운영 꽃 향기, 동박새 울음 따라가며
꽃잎에 전하지 못한 말
음각으로 새겨넣고

은빛 속살 드러낸 채 맨발로 달려가는 길
신문지 몇 장으로 겨울을 넘는 사람들
오롯이 하늘을 향해
길을 내고 기도한다

A-18

전 인 식

A - 18은 적을 향해 공격하는 총이나 전투기의 이름이 아닙니다
성질머리 더러운 내가 불편한 세상과 적당히 타협할 때 자주 쓰는
하나의 구호입니다 최소한 내겐 할렐루야, 나무관세음과 같이 사용하는
동종 동격의 구호입니다

재수 없는 날 재수 없는 놈을 만나 그냥 한방 날리고 싶을 때
때리고 나면 후회가 뻔할 때 뚝배기에 된장 끓듯 속 부글부글
끓어올라 뭐라 한마디 내뱉지 않으면 안 될 찰나에 불끈 쥐었던
두 주먹의 야만과 폭력을 표시나지 않게 가슴 밑바닥으로 내려놓게 하는
아름다운 독백입니다

본래 나쁜 놈인 내가 착한 사람들 속에 섞이어 적당히 세상 살아가게끔
나를 다스려주는 가장 인간적인 말입니다

A-18은 욕이 아닙니다

주문완료
— 구월

정량미

잠들지 못하는 그대를 위해
쇼핑을 한다

국지성 소나기가 온다는
날씨를 읽고 포장을 할까

원 플러스 원의
여름을 마지막 세일 한단다
환하게 웃던
목덜미가 문득, 떠올라
그것도 함께 장바구니에 담았다

같이 했던 날들이 빼곡하게
사은품으로 따라왔다

진초록 리본을 만들어
가을로 가는 길에 매달아 보면
그대의 구월이 빠른 배송으로
내일쯤 도착하겠지

'주문이 완료 되었습니다'

운주사

정 복 선

삶이
달의 뒤편 같을 때
진창 같을 때
유리빌딩 같고 엉겅퀴 같을 때
문득 그곳을 찾네
등에 젖은 연못 하나 끌고서 가네
어떤 그림자들이 어룽댈지
궁금하네

바다 9

정지용

바다는 뿔뿔이
달아나려고 했다

푸른 도마뱀떼같이
재재발랐다

꼬리가 이루
잡히지 않았다

흰 발톱에 찢긴
산호보다 붉고 슬픈 생채기

가까스로 몰아다 붙이고
변죽을 둘러 손질하여 물기를 씻었다

이 앨쓴 해도海圖에
손을 씻고 떼었다

찰찰 넘치도록

돌돌 구르도록

회동그라니 받쳐들었다!
지구는 연잎인양 오므라들고……펴고……

새여 꽃이여

정현종

새가 울 때는
침묵
꽃이 피어
無言

새여
너는 사람의 말을 넘어
거기까지 갔고
꽃이여
너는 사람의 움직임을 넘어
거기까지 갔으니

그럴 때 나는
항상 조용하다
너희에 대한 찬탄을
너희의 깊은 둘레를
나는 조용하고 조용하다

산

정 희 성

가까이 갈 수 없어
먼발치에 서서 보고 돌아왔다
내가 속으로 그리는 그 사람마냥
산이 어디 안 가고
그냥 거기 있어 마음 놓인다

고매 古梅

조 운

매화 늙은 등걸
성글고 거친 가지

꽃도 드문드문
여기 하나 저기 둘씩

허울 다 털어버리고 남을 것만 남은 듯

내가 죽어 보는 날

조오현

부음을 받는 날은
내가 죽어보는 날이다

널 하나 짜서 그 속에 들어가 눈을 감고 죽은 이를
잠시 생각하다가
이날 평생 걸어왔던 그 길을
돌아보고 그 길에서 만났던 그 많은 사람
그 길에서 헤어졌던 그 많은 사람
나에게 돌을 던지는 사람
나에게 꽃을 던지는 사람
아직도 나를 따라다니는 사람
아직도 내 마음을 붙잡고 있는 사람
그 많은 얼굴들을 바라보다가

화장장 아궁이와 푸른 연길,
뼛가루도 뿌려본다

한손에 지팡이 짚고

진 관

법장 스님 친견하고 돌아서는 내 마음
어둠이 밀려오듯 떠나가는 흰 구름
한손에 지팡이 짚고 손을 들어 보이네.

세월을 이겨낼 수 없는 것이 인간인데
뜰 앞에 서 있는 고목 무심히 바라보고
그 만난 이야기 하니 눈시울이 뜨겁네

수행은 미래를 위해 몸으로 하는데
망가진 몸뚱이 추스를 줄 모르니
유마사 부처님 미소 나비되어 춤추네

단풍나무 이야기

진 준 섭

그렇게 보내야하는 허전함에
붉게 타오르는 것일까

눈부신 햇살에 빛나던 푸르른 날개도
돌이켜보면 순간이었지

짧은 만남 쓸쓸함이 여울져 흐르는
계절의 강을 건너지 못한 채
울긋불긋 편지를 띄우며
누군가를 목마르게 기다리고 있는지도 모른다

아득한 기억의 저편에서
노을이 긴그림자 앞세우고 찾아오면
채워지지 않은 그리움도
따뜻했던 눈빛도
모두 가슴에 묻고 돌아가야 하는
푸르른듯 붉어진
그대, 단풍나무여

플라타너스 혀

채 들

플라타너스는 혀를 자른다
바람 부는 대로 내뱉었던 말
쓸어 모아 태울 수 없어
뒤따라가 지울 수도 없어
세상 달아오르도록 나부낀 죄 물어
스스로의 혀를 자른다
잘라낸 뒤에도 흙이 되라고
뿌리 없이 나뒹구는 말
닿는 대로 발등에다 누이고
찬찬히 삭인다 그럴 때마다
나이테 한 살에서부터 울려 퍼지는 징소리
벙어리매미처럼 소리 내어 울지 못하고
가슴에다 새긴다

한 잎 허물도 삶의 밑거름 되어야
온전히 나무 될 수 있다
오는 봄날, 푸르른 제 혀 내밀 수 있다

귀천

천 상 병

나 하늘로 돌아가리라
새벽빛 와 닿으면 스러지는
이슬 더불어 손에 손을 잡고

나 하늘로 돌아가리라
노을빛 함께 단둘이서
기슭에서 놀다가 구름 손짓하면은,,

나 하늘로 돌아가리라
아름다운 이 세상 소풍 끝내는 날,
가서, 아름다웠더라고 말하리라…

나는 자연을 쓰는 서기書記

천 양 희

모감주 나뭇잎이
바람소릴 달고 있다
저 소리 받아 적으면
바람경經 될까
새소리 물소리 더 보태면
소리경 될까
산색은 그대로가 법신法身이고
물소리는 그대로가 설법이네
나는 이 말이 무진장 좋다
바람소리가 좋은 것처럼 좋다
세상의 소리중에
저 소리만한 절창이 또 있을까
너 같았으면 벌써
한 소절 따라 불렀을 것인데
절필한 내 목소리
자연처럼 자연스럽게 재창할 수 없나
살다가 비탈지면
한 두어달 무심하다가
자연을 쓰는 서기나 되었으면
언어로 절 한 채 지었으면

명의

천 지 경

건강 검진 가서 받은 청력 검사

소리 나는 쪽 손을 올리라 하는데

어느 쪽도 잘 들리지 않는다

전문의 찾아서 정밀검사를 받아보란다

환풍기 굉음 아래서 20년 일한 댓가

귀가 먹었나봐요

시끄러운 곳에선 누가 내 흉을 봐도

알아듣기 힘들어요

이비인후과 의사께 하소연하니

"내 목소리 잘 들리나요?" 한다

"네 잘 들려요" 하니까 "잘 들으시네" 한다

좋은 말에 귀 기울이고 악한 말은 버리란다

한마디도 듣지 못하는 사람도 많은데

그 정도 귀가 들리면 행복한거라고

상대방의 말에 귀 기울이며

유익한 말은 잘 들으려고 노력하란다

보청기나 약은 처방하지 않는다

명의가 틀림없다

집착

청 화

금은
반짝이다 가고
푸른 잎은
살랑거리다 가는 것을
무어라 그것을 붙잡고
대롱대롱 매달려 우는가.
놓으면
날고 싶은 날개
구만리 하늘도 얻는 것을

서쪽을 보다

최 금 녀

남편은 늘 동쪽 벽에 기대어
서쪽 벽을 보고 있다

밥을 먹을 때에도
액자 속 인물들은 표정을 바꿀 생각이 없다

40년 된 소철은
알프스의 소방울 소리에도 놀라지 않는다

반가운 적이 없는 기억들이
꽃진 화분에서 기어나와 틈새를 찾아다닌다

르노아르의 여자는
그림 속에서도 영양제 같은 시를 쓴다

명품 웨지우드가
정장차림으로 날씨를 읽는 중

쓰다 남은 말들은 가족을 위해 냉장고에 넣어두고

아직은 아무도 유언을 말하지 않았다

서쪽 벽은 대답이 없다
망설이는 중이다.

세속의 길
— 달마는 왜 동쪽으로 왔는가

최 동 호

산길 멈춘 바위 아래
이끼 묵은 옛 암자 하나

맑은 샘물에 구름띄워 보내
뜰 앞의 잣나무 사시사철 푸르고

흙벽담이 무너지며
다른 쪽 벽을 후려치고*

서까래 튕겨나가도
뚫리지 않는 마음의 벽이여

벗겨진 대머리 천장 위로 지나가던 흰 구름
때로 이슬방울 떨어뜨려주어도

어둠에 잠긴 눈은
하늘빛을 알아내지 못하네

보라 해도 보지 못하고

들으라 해도 듣지 못하여

동쪽으로만 가는 자는
서쪽 길을 잃으리니

세속을 버린다고, 그대는
정녕 가야 할 길도 잊었구나

* 한산시의 한 구절.

바람의 속삭임

최 용 대

마른 잎 남기고
가을은 깊어가는 시간으로 걸어가고

첫눈의 약속처럼
상고대 하얀 꽃을 보며 겨울을 만나고

어디선가 들리는
아련한 바람소리에 낙엽이 부숴 지고

그렇게 속삭이나니
그 가을은 추억이고
이 겨울은 만남이라고

징검다리

최 하 림

황혼이다 어두운 황혼이 내린다
서 있기를 좋아하는 나무들은
제 자리에서 꿈쩍도 않고,
그 아래 오두막집에서는
작은 사나이가 나와 징검다리를
건너다 말고 멈추어 선다
사나이는 한동안 물을 본다
사나이는 다시 걸음을 옮긴다
'어디로?'라고 말하지도 않는다

* '어디로?'는 「寒山詩」에서 차용한 것임.

구조조정

태 동 철

입추 지나 들려오는 소문

소문이 돌자마자 얼굴이 노랗게 질린 은행나무
붉으락푸르락 화가 치민 단풍나무
송이채 툭툭 던지는 밤나무

계절풍같이 불어오는 찬바람

오늘 아침 버스 정류장에서
밟고 지나온 플라타너스 잎

모두가 유심한 건
나에게 떠도는 소문 탓만은 아니었다

오동나무 잎은 가을비에 휘둘러
거리를 헤매고 있다.

채련곡采蓮曲

허 난 설 헌

가을은 맑고 긴 호수엔 벽옥 같은 물 흐르고

연꽃 우거진 곳에 아름다운 목련배 매여 있어요

임을 만나 물 사이로 연밥을 던지다가

멀리 사람들이 알아보아서 반나절이 부끄러웠소

왠지 두견새

현 담

봄 산천의 진달래 다 꺾어먹고 붉은 철쭉도 남김없이 꺾어먹고
상처투성이 맨몸으로 오시어 밤이면 뒷산 어둠 속에서 마냥 나를 부르시니

어디 살아서 사랑하여야 합니다
진정 살아서 단 한 번의 후회 없는 무엇인가를 이루어야 합니다

달빛 넘쳐나는 해금을 들려드릴까요 아니면 천만사 은빛 그물을 드리워
봄밤의 하염없는 뱃노래를 들려드릴까요

들길 따라서

홍 성 란

발길 삐끗, 놓치고 닿는
마음의 벼랑처럼

세상엔 문득 낭떠러지가 숨어 있어

나는 또

얼마나 캄캄한 절벽이었을까, 너에게

의자

홍 철 기

한때는 이 의자도 빛나는 각을 가졌다

중심이 흔들릴 때마다 사각사각
시간은 각진 사연을 둥글게 깎아 냈다
한순간의 선택이 기울어진 길에 놓여 졌고
나는 그 마음을 모른 척 등진 채 살았다

조금 더 깎아내면 마음에 닿을지 몰라
제각각 다른 길 걸어와도 아픈 발처럼
모르는 내일이라도 성큼성큼 떠나봤으면
가늘어지는 머리칼이 빠질 때 마다
묵주를 색칠하며 떠나는 밤의 시간은 깊어졌다

수시로 저만큼 떨어진 탱자나무에서 바람이 불었고
의자는 가시에 찔린 듯 묵묵히 웅크렸다
더 이상 각을 세우지도 않았고
이제는 내가 다가가 괴어놓은 시간이 늘어갔다

흔들릴 때마다 흔들린 자리에 더 마음 가는 일

눈앞에서 가늠할 수 없는 햇빛의 각도 뒤로
문을 닫고 떠나는 것들이 많아졌다

이제,
빈 의자에 내가 앉는다

고추잠자리

황 경 순

비단 날개 하늘거리며
허공을 낮게 선회하는

설익은 마음
늦가을 하루 해 짧아

얼마나 붉게 익혀내야
가벼이 날아오를 수 있을까

저 푸른 창공에
빨간 줄 한 토막.

날개 비벼 펴고

황 동 규

바람이 이는가, 꽃잎들 흩날린다.
벼랑 앞처럼 가파르게 긴장된다.
여기저기 꽃잎 땅에 내려 뒤집히다 말다
꽃길 하나 깔린다.

이즈음 꽃 지는 기척에 왜 이처럼 신경 쓰이는지
마지막엔 나비나 벌처럼 작고 가벼운 삶이 되어
이러단 뒤질세라 흩날리는 꽃잎 속을 날아
바쁜 자 먼저 자리 뜨시게! 하며 뒤에 남은 꽃에 내려
살다 못 다한 이야기 주고받다 가려는 욕심 벌써 거뒀는데
그 누가 자신의 시듦을 제때에 알랴?

독무 멋지게 추다 자리 뜨는 모양새도 춤이 되는
호랑나비는 못되어도
무뎌진 더듬이에 신경 쓰다 꽃비 맞고 황홀해져
새로 날개 비벼 편 나비 되어 날다
꽃길 속에 슬그머니 몸을 누일 수 있을까?
앞을 봐도 뒤를 봐도 삶의 짐 다 부려놓고
누워 있는 홀가분한 꽃잎들,

휘몰이 바람 불 때
다들 함께 공중으로 날아오를 수도 있을까,
날개로 날던, 몸통 채 바람에 날리던?

걸려 있다

황 정 산

빈 놀이터 녹슨 철봉에 빨랫줄이 매어 있다
어느 날 사라진 아이들이
빛바랜 난닝구 늘어진 꽃무늬 몸뻬가 되어
거기 걸려 있다
쉬이 늙는 것은 수크령만이 아니다
가벼운 것들이 날아가다 잠시 붙들려 있다
유령은 그렇게 만들어진다

빨래가 철봉에 걸려 놀이터가 비어 있다
난닝구와 몸뻬를 벗고
아이들은 없어진다
매달린 것들은 모두 날아가는 것들이다

놀이터에 빨래가
하나씩 지워지고 있다

빨랫줄에 빈 햇살이 걸려 있다

소세양 판서를 보내며

황진이

달빛 아래 오동잎 모두 지고
서리 맞은 들국화는 노랗게 피었구나
누각은 높아 하늘에 닿고
오가는 술잔에 취하여도 끝이 없네
흐르는 물은 거문고와 같이 차고
매화는 피리에 서려 향기로워라
내일 아침 임 보내고 나면
사무치는 정 물결처럼 끝이 없으리

불교문예작가회 04

야단법석 4

©불교문예작가회, 2018, Printed in Seoul, Korea

초판 1쇄 인쇄 | 2018년 09월 27일
초판 1쇄 발행 | 2017년 10월 06일

지은이 | 불교문예작가회
펴낸이 | 문혜관
편집인 | 고미숙
디자인 | 쏠트라인saltline
펴낸곳 | 불교문예출판부

등록번호 | 제312-2005-000016호(2005년 6월 27일)
주　　소 | 03656 서울시 서대문구 가좌로 2길 50
전화번호 | 02) 308-9520, 010-2642-3900
전자우편 | bulmoonye@hanmail.net

ISBN : 978-89-97276-32-5 (03810)
값 : 10,000원